JN224846

意味なんか
ないけど
ぼくたちは
光る

吉澤ハナ
（まよなか）

かんき出版

escape to xx

人は誰でも　どうしようもなさや弱さを抱えている
生きることは　間違うことばかりだ

投げ出したいときもあった　嘘もついたし
裏切りもあった
痛みの数は数えきれない
言えないことだってたくさんある

でもいま　ここで生きてる
きみは　生きてる

だから　そんなきみが
正しさに傷ついて戻れなくなった

この場所は　そういうときのための
なにか（xx）でありたい

contents

プロローグ escape to xx

第 1 章
人を愛するというのはその人の
孤独のかたちを見つめるということ

第 2 章

深い悲しみを経験した人にしか
辿り着けない場所がある

第 3 章

ここからさきは自分が
信じた日々を生きようと思う

第 1 章

人を愛するというのはその人の

孤独のかたちを見つめるということ

おやすみ

「また明日、おやすみ」の言葉に
100個くらいの愛を隠しておいた。

本当はもっと伝えたい気持ちがたくさんある。
でもぜんぶ話していると
1日24時間じゃ全然足りないから、
こっそり隠しておいた。

知らないままでいいよ、
ぼくはちゃんと知ってるから。
きみへ愛を込めて。

エイプリルフール

きみに会いたくない、少しも好きじゃない。
思い出す日はない、なにも覚えてない。
意味なんかない、理由はいらない。

さよなら3月。この先きみが

ぼくの前に現れませんように。

またね

誰にも言えないぼくたちは
出逢ってそして、季節も変わった。

ひっそり終わったあの日々を
間違いなんて呼ばせない。

過ちなんか御伽噺に変えるから
きみに見つかるいつかを夢見て、
今夜もひとり、星の灯をたよりに
言葉の海をひとり泳ぐ。

ぼくたちはきっと

ぼくたちはずっと痛々しい。

寂しくて、孤独で、
いくつになっても自分の傷痕をうまく隠せない。

見せびらかしたいわけじゃないけど、
どこかの誰かが気づいてくれたらいいな、
なんて思ってる。

ぼくたちは大人になれなかった。
思っていたような大人になれなかった。

いつも必死で、燃費が悪い生き方しかできなくて、
見えないところで泣くような日々を繰り返してる。

そうしてなにかを手に入れたい。

たくさんはいらない、なんならひとつでいい。
選ばれたかった。

ぼくたちはきっと愛されたかった。

幸か不幸か

明日を生きる答えは、
大切なきみとのあいだにあったりする。

愛のかたちなんて知らない

「普通の愛のかたち」なんて
存在しないと思うんです。

ぼくはぼくなりに
一生懸命愛を繋ごうとした。

きっと、きみも一生懸命なんとかしようとした。

そういうものだと思うし、
それでいいと思うんです。

それでも

こんなに冷たい世界で

きみの優しさを掬（すく）いあげてくれる誰かが
いつか目の前にあらわれますように

きみがずっと大丈夫じゃないことに
気づいてくれる誰かが
いつか目の前にあらわれますように

途切れそうな夜を越えたことが何度もあった
そんなきみがやさしく眠れる夜がありますように

landscape

ぼくはふたりでいても感じる孤独を知りました。
不確かな愛を求め、心に同じ傷を残しました。

かたちに残るものがすべてじゃない、と言い聞かせ
崩れそうな夜をふたりで越えました。

この愛に名前をつけたいときもありました。
通じ合ったような錯覚をしたときもありました。
投げ出したいときも、嘘も、言えないこともありました。

ただ絶望の淵で見た景色に
愛が勝てばいいなといまは思うんです。

そう思うんです。

意 思

そこに置かれたきみの静かな意思は、

混沌としたこの世界で
今日を受けとめられる、

お守りのようなものであってほしい。

宇宙

宇宙が始まった理由は愛のためかもしれない。

こんなにも広すぎる宇宙のなかに生まれおちた
人間なんて、なんの意味もないのかもしれない。

宇宙の刹那に鈍く光った砂粒かもしれない、
もしかしたら光ってないかもしれない。

気が遠くなるような年月を経て物質はめぐり、
いまここにぼくがいてまた消えていく。

そんな銀河の端っこの、
地球という名の奇跡の星で
なんのためにいるのかわからない人と人が出逢って

もしかしたら恋をして、恋をしてなくても
理屈抜きの愛に触れる瞬間がある。

その愛のためだけに宇宙があるのなら、
それは救いのある答えじゃないかと
そう思ったわけです。

これはほんとう

この世界には、不器用な愛も、永遠の愛も
ぐちゃぐちゃの愛も、どうしようもない愛も
叫び出したい愛も、慎ましい愛も
言葉にしたら壊れてしまいそうな愛も、
ぼくの知らない愛もあって、

そんな世界で命に終わりがなければ、
きみを愛することはなかったということ。

一等星

きみのためなら、なにを捨ててもいいと思う。
点と点を繋ぐようなふたりだけの夜。

寂しささえも美しく見えた青い世界。

あのとき言えなかった言葉を、
銀河の底に隠したけれど

一等星の「愛してる」が
ずっと煌めく。

sparkle

「普通とはなにか」「正しさとはなにか」と葛藤しながら、
「自分の人生を生きる覚悟」を決めていく。

この世界には、不器用な愛も、ふたりの永遠のなかにある
ような愛も、宇宙の瞬きに消えていく愛も、ヒリヒリした愛
も、ぐちゃぐちゃの愛も、どうしようもない愛も、叫び出した
いような愛も、慎ましい愛も、言葉に出したらいまにも壊れ
てしまいそうな愛も、私の知らない愛もある。

私たちはいくつもの愛を通り過ぎ、自分が誰と、
どこで生きていくのかを、自分の意思で自分のために
決断していく。

「愛に理由はいらない」と何度この言葉をなぞっていても
やっぱり、寂しくなってしまうのは意味がほしかった証拠だ
ろう。

そしていま、こんなに幸福が思い出せるのは、
あのときそこになにかがあった証拠だろう。

何度も恋をして、大人になったらもう傷つきなんてしないと
思ったけれどそんなことはなかった。

ただ、どうしようもないこの世界で、小さな炎を絶やさない
ように繋ぎ止めた日々は過ちでなかったと思いたい。
少なくともあの瞬間は、それがなによりの救いになってくれ
ていたのだから。

循環

どこかで

「愛とは循環、深く愛して傷ついたとしても
そのぶん誰かに愛される日がちゃんとやってくる」

という言葉を聞いたのですが、
これは本当ですよ。

たんぽぽ

生活のすみっこには
生きるよろこびが
ひそんでいる。

いつもと同じみどりが
煌めいて見えた。
あれはいつかの誰かが
生きていた証。

ぼくはたんぽぽが、
綿毛になる瞬間を
きみと見たい。

HAYABUSA

周回軌道を外れたきみが、
どんどんぼくから遠ざかる。

ひとりぼっちで泳ぐその真空に
命の光は見えますか。

きみがロストしようが
星は変わらず煌めいた。

きみが見えない宇宙は寂しい。

永遠_{とわ}に思えた刹那にぼくらは
ふたたび微_{かす}かな声を繋いだ。
天文学的奇跡が起きた。

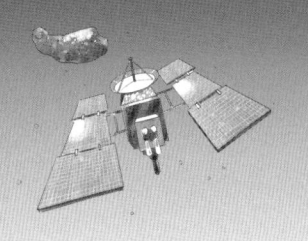

いくつも傷を残したきみを
おかえりいますぐ迎えに行くから。

この銀河のなによりきれいで
何年たっても色褪せない。

きみが得意な星の話を聞かせてよ。
きみの見てきた宇宙の色を教えてよ。

ぼくはきみをずっとここで待っていた。

オパール

なにを手に入れても、
誰といても埋まることがないような
きみが抱えるその寂しさが

オパール色に透きとおる。

オパールと創作と銀河とぼくと

あなたへの愛が勝つ日もあって
きみの影を追わない限り
光を紡げないと思う夜もあって
嘘と過ちとやるせなさで
心がどうしようもないんです。

でもいちばんどうしようもないのは
それらすべてを創作という名の
銀河に並べたがるぼくそのものです。

ごめんなさい、業が深くてごめんなさい。

あなたへの愛もきみへの想いも
ひとつひとつに名前をつけて
誰も知らない星座を紡ぎたいんです。

ひとりぼっちの寂しさが
オパール色に煌めく世界を詠いたくて
ぼくはここにいるんです。

海

海みたいに大きな寂しさに
何度も愛が負けそうになる。

世界に対する漠然とした寂しさを
ずっと抱えて生きてきた。

それでも最後に愛が勝つように
たくさん愛の話をしましょう。

証明なんてできっこない

ぼくの愛を分解したら、
構成成分はなんでしょうか。
「絶対」も「永遠」も不可能なこの世界で、
どんな方法ならばそれが愛だと証明できますか。

これからのぼくのすべてを差し出せば
その涙を、その寂しさを止められますか。

誰にも染めることのできないぼくの孤独が
同じこの惑星のどこかすみっこで
泣いているきみに、どうか触れられますように。

真っ暗な道で

世界に折り合いがつけられなくて部屋から出られなくなった時期があった。
先の見えない真っ暗な道をひとりで歩き続けた時間は、人生の多くを消費した。

あのときは、この苦しみを絶対に誰とも分かち合えないと思った。誰にもこの孤独はわかるはずないと思っていたし、なのに、誰かに助けてほしいと思っていた。

なにもしていないのに、こんなところにいる自分を誰かに見つけてほしいと願った。たまに手を差し伸べてくれる優しい人もいたけれど、その優しさが信じられなくて逃げてしまったこともあった。

あの頃は世界のことも、自分を取り巻くすべてのことも、信じられなかったのだと思う。
暗い時間があまりに長すぎて、いくつかの希望らしきものを疑い、見送った。

こんな自分の心を、どう扱ったらいいのかわからなかった。いろいろなことを割り切れるほど大人じゃなかったし、泣き喚くほど子どもでもなかった。

そうして結局、多くの時間をひとりで過ごした。

あれから長い時間が過ぎたけど、誰とも分かち合えなかったあの時間を、いま言葉にして紡いだら、同じようにひとりで戦っている人が応えてくれた。
それは、あの時間があったからこそ生まれた繋がりだと思う。

美しくない世界のすみっこに、こんなにも人がいることを教えてもらって、私も見つけてもらえた。

だから、どうもありがとう。

海の底の夢

文章を考えているとき自分の思考に深く潜るせいか、海の底に沈む夢を見るときがある。

深い海の底、だんだんと透明が暗くなっていく場所で、膝を抱えて胎児のように丸くなりじっとしている。

誰の声も届かないその水の底は、毎晩ひとりで眠る毛布のなかとよく似ている。
たとえ幸福でなかったとしても許されるような、ひとりぼっちの夜にはそんな時間が流れている。いまだけはこのままで大丈夫だから、という安堵感を覚える。

自分で自分に「ここは、いまは、大丈夫」と心のなかで声をかけた。

朝になったらまた、いくつもの「こんなはずじゃなかった」を反復する1日が始まる。

会いたい人に会えなくなっても、信じた道を見失っても、夢が夢じゃなくなっても、私たちは今日も生きることをやめられない。

その夜、また海の底に沈んでいる夢を見た。深緑の海藻が周囲でゆらゆら揺れている。遠い水の天井に、ほんのうっすら光が見える。

人は死んだらひとりぼっちになるのに、いま誰かといる意味はなんだろうと考えた。

銀河鉄道

なんとなく家に帰りたくなくて、
電車から降りなかった。

どこか知らない銀河の
どこか知らない惑星の
どこか知らない遠くのほうへ
眠れない夜に運ばれた。

ぼくのことを知っている生き物は
ひとつもここにはないだろう。
それがなんだか嬉しかった。

なのに、もう会えないきみのことを
知らない街で探すぼくがいた。

砂

ずっと声にならない声が泣いている。
この愚かさを愛と呼べたなら良かったのに、
正しい夢の終わり方なんてわからなくて
きみの瞳にうつる嘘つきな自分を
何度もなぞるだけでした。

それでもぼくは
泣き喚く心が何度も何度も涙にさらわれ続けたあと
砂浜で光るガラスの欠片のように、
美しいものだと言います。

こんな声は届きますか
宝石のような愛を込めて。

生きるのが下手だから

もうすっかり慣れきった時間でも
大切な人を大切にできますように。

そう言えたならよかった

あのとき言えなかった「愛してる」を
なかったことにしないでほしい。

星 座

見えないふりをしていたほうが
痛まない傷はたくさんあった。

気がつきたくないことばかり気がついてしまう。
誰だって言えない秘密のひとつやふたつくらい
あるだろう。

もう会えないきみは幸せですか、
寂しさと愛の見分けはつきましたか。

いつかまた、ぼくはぼくに生まれ変わって
きみに会いに行く。

そして、きみのその傷に名前をつけて
夜の星座にしてあげる。

遺言

異質を受け入れるのは愛。

結 晶

生きることを割り切れたらどんなに楽だろう。
手にした幸福だけを数えられたら、
どんなに毎日が容易（たやす）かっただろう。

埋めあわせのような愛に名前をつけることが
あの日の救いになるとは限らない。

最後のさよならは誰のためだったのか
いまではもうわからなくなったけど
過ちばかりのあの日々が、音もなく育って

どこまでも、透明な結晶になりますように。

双子星

寂しさと愛の見分けもつかないような
ぼくたちふたりが一緒にいたら
行き着く先は見えないけれど

きみが隣にいるならば
そんな生き方だってまぁいいか、なんて
傷つく覚悟はできていた。

でも好きだと言葉にすればするほど
静かに痛む心が見てられなくて
ふたりの時間をほどきました。

あのときできた綻びをきっとここから紡ぐから
いつかかたちになって救いに行くから
少しばかりの時間を、ぼくにください。

命をかけてあの日のきみを守れる救^{ゆる}しを詠います。

その日までお元気で。どうか、どうか。

心 の 底

「愛してほしい」も「愛してる」も
言葉のずっと奥に隠れている。

どんな悲しみもどんな怒りも、
人の本音にはずっと愛が隠れている。

正しさが
正しいことばかりじゃない

あきらめないで待つことは愛だと思う。

I See

自分をあきらめないでいることよりも、他人をあきらめない
でいることのほうがはるかにむずかしいと思う。

他人をあきらめないでいるということは、相手がどんな姿に
なろうが、どんな決断をしようが、たとえ「もうやめたほうが
いいよ」と声をかけたくなるような目に遭おうが、「きみなら
きっと大丈夫になる」と、大きな信頼を寄せることだと思っ
ている。

そして、手探りで進む相手を見つめ続けるのはものすごく
エネルギーがいる。
なにもできない。大切な誰かが泣いていても、涙を拭き、ま
た勇気を奮って新しい一歩を踏み出す瞬間をあきらめな
いでじっと見ているしかない。

自分自身に対してなら、ほどほどのところでなにかしらの
理屈や、折り合いをつけることができるだろう。
でも、他人が他人に対して、勝手に折り合いをつける
ことはできない。

たとえ親子であろうが、パートナーであろうが、
その人の人生は、その人だけのものだからだ。

そんな自分の人生のなかで迷子になりそうなとき、迷子に
なったとき、自分を「ただ見てくれている」誰かがいるとい
うことは、生きる力を取り戻させてくれる。

あなたの喜びも苦しみも見えていますよ、というメッセージ
を心で感じるたびに、「また明日、人生を頑張ろう」と何度
も何度も救われているはずだから。

それができたら苦労しない

愛するというのは、
目の前に見える姿だけでなく、

いままでの過去も、
これからの未来もまるごとぜんぶ受けとめること。

さよなら

さよならって言葉が好きじゃなかった。
でも、きみとお別れをしてから
好きな言葉になりました。

「愛してる、きみが好きだ」という言葉以上の愛が
別れのそこにはあったと気がついたので、
さよならがとても美しい言葉に
見えるようになったのです。

だからさよなら、きみにさよなら。
最初で最後のさよなら。

第 2 章

深い悲しみを経験した人にしか

辿り着けない場所がある

まよなか

いくつもの孤独を見てきた人が集まる時間だよ。

たまに「強い人ですね」って言われるけど、
強くなりたかったわけじゃなくて
生きるためにそうならざるを得なかった。

だから本当はいろんなことが怖くてしょうがないよ。

メーデー

たったひとりで泣いた夜のこと。
心が壊れそうでどうしようもなかったこと。

もう未来はいらないと思ったときのこと。
誰かに助けてほしかったこと。

でも「助けて」の一言が言えなかったときのこと。

絶望の淵

ぼくは人に言われるほど強くなんかなくて、
こう見えて寂しがり屋で、あと少しでポキリと
心が折れてしまいそうな瞬間をいくつも知っている。

「生きていくことはこんなにも苦しい」ということが
いつもそばにあって、
ときどきその感情が鈍く光り出すんです。

それが今なのですが。

コンプレックス

どこかの誰かが結婚だなんだと
世間がさんざめくとき、

愛へのコンプレックスが剥き出しになるぼくは
「おまえはだめだ」と言われてるような
そんな気がしてどうしようもなく
崩れそうになるんです。

心底、惨めで、こんなことを考えているなんて
誰にも言えなくて、そのときだけは、
昨日と同じ人生をしばらく愛せなくなるのです。

いつか迎えに行くから

心が張り裂けそうでたまらない。
こういう夜が不定期に訪れる。

考えても考えてもこれといった理由はわからず、
ただ、押し寄せる悲しみの波を全身で受けとめるだけの時
間が過ぎていく。今夜もそんな夜だった。

思い当たる節は特にない。本当にないのだ。なのにどうし
てこんなにも悲しい。どうしてこんなにも胸が苦しい。
この悲しみや苦しみがどこから来ているのか私にはわから
ない。

涙で顔がグシャグシャになって目が腫れるのも嫌だし、そっ
とベッドを抜け出す。

窓辺から月明かりが薄い布越しに入ってくるのを眺めなが
ら壁に背をつけて座る。このままダイナミックネガティブが
去っていくのをゆっくり待とう。

ほんの15分もしたら落ち着く気がする。
これまでもそうだった。

背に当たる冷たい壁が、頭の熱をどんどん
下げていってくれる。いつもの冷静な思考が戻る。
どうして不定期にこんな気持ちになってしまうのだろう。

心当たりはない。身体が反応している以上、涙の奥にきっ
となにかしらの声が隠れているのは確かだ。
私は自分の声を聞くのがとても苦手で
だいたい見過ごしてしまう。

今夜もまた途中で嫌になって見過ごした。
頭を冷やしながら考えるほうが好きだし得意だ。

悲しみの果てまで手を伸ばすのは、覚悟がいるから
今夜じゃなくてもいいや、なんて思う。

また新しい傷が増えるかもしれない。
あまりの痛みにしばらく立ち直れないかもしれない。

いつかその悲しみは迎えに行くから、今夜はもう少し、
このまま壁の冷たさを感じながら、月の隣で目を瞑りたい。

こわい夜

心がちぎれそうな夜も、
なんとか言葉で紡いできましたが
どうにもこうにも、ままならないときもありまして

ぼくは、ここにいてはだめじゃないかと
そんなふうに、思えたりもするわけです。

1から10まででなにもかも見えることがなかったら
怖い思いを知らずにすんだのかもしれないけれど、

ぼくはぼくを助けるために瞼を縫って耳を裂いて、
音も光もない夜の底で、身体を小さくさせるのです。

迷子

人生でとてもとてもつらかったとき、
ほしかった言葉は

「頑張れ」でも「話聞くよ」でも
「無理しないで」でもなく
心から信頼できる「大丈夫」。

「大丈夫、おいで」と、逃げてしまう弱いぼくを

つかまえて離さないでほしかった。

死を見つめる

生きることはむずかしい。
何千回、声にならない声で叫んだのだろうか。
こんなに苦しい思いをするために
生まれてきたはずではないのに。

なにがそう思わせるのでしょうか。
なにを手にすれば幸せなのでしょうか。
死ぬときはなにも持ってはいけないのに。
たったひとりで最期は旅立っていくのに。

メメントモリ、死を想う。
すぐそばにいるかもしれない死を想う。

もう疲れた

生きていていいんだって理由がほしくなる。
だってそうじゃないと、
ここにいたらだめみたいじゃない。

自分以外の命をいくつも犠牲にして
生きていることがだめみたいじゃない。

最期

ぼくがこれまで生きて見てきた世界は、
寂しくて、悲しくて、
それでも悲しみのなかには美しさも確かにあった。

もし最期終わる日が来たならば、
どんなふうに見えるのかな。

なにかでありたい

ぼくは今日も、
毛布のなかで言葉を紡ぐ。
この世界から落っこちないように。
美しくない日常のすみっこで、
精一杯の、美しい芸術を紡ぐ。

灯火

20歳頃からアーティストとして活動し、作品を制作してきた。平面や立体だったりと、そのときそのときで作品の見た目は変化していたけれど、創作意欲の根っこは、自分のなかに眠る、言葉をもたない思いひとつだった。

言葉を紡ぐときも同様に、溢れる創作欲に任せ、身体の奥深くに積もる思いをどうにかかたちにしたい、といった動機で筆を走らせることがほとんどだ。

つい先日、珍しくバスに乗ったとき、窓からいろいろな仕事をする人たちを目にした。
道路をつくる人。建物をつくる人。運転する人。
お店を開ける人……。

日頃は気がつかないところにも多くの人生があって、この世界はひとりひとりの見えない努力によって成り立っているのだと、めちゃくちゃ当たり前のことを、めちゃくちゃ再確認した。

この経験だけがきっかけではないけれど、自分のなかで創作の取り扱い方が変化してきたのをふと感じる。

私は社会や世界のためになにができるのだろうか。そのなかで生きる人のためになにができるのだろうか。そして、先の未来を生きる人たちへなにを残せるのだろうか。

住む土地も名前も、顔さえもわからない、遠い遠い誰かのところへ、小さくても決して消えない言葉の灯火を絶やさないでいることが、いまの私にできる精一杯だと思った。

そう、例えるならば、できるだけ怖い思いをせずに安全な道を探すための探照灯（サーチライト）のような。暗い足元でも安心して次の一歩を踏み出すための足元灯（フットライト）のような。
もしもこんな世界で、迷子になったときの灯台のような。

世界の淵から足を踏み外しそうになったとき、おもわず見えない穴に落っこちてしまったとき、こんな時代に取り残されたとしても、どんな場所までも届く小さな炎を作り続けていくのだろう。
あの頃取り残され迷子になっていた自分を忘れられないから。取り残され迷子になっていた自分を決して、忘れてしまわないために。

潜 水

深い深い息継ぎをしたあと、
ここではない冷たく青い場所へ
とうぶん潜ることにします。

優しくない場所と、優しいあなたに別れを告げて
どうやら向き合うときがきたようです。

帰ってくる頃には、
きっと季節が変わっていることでしょう。
あなたの知らないぼくになっていることでしょう。

どうかお元気で、
少しのあいださようなら。

シャボン玉

朝が来るのが無性に怖くて
消えたかった夜は何千回あったかな。

世界が眠るこの時間だけは
どうしようもなさを隠してくれた。
不甲斐なさも許してくれた。

そうしてここにいる意味なんかを
ぼんやり考えていたけど、
きっと誰にも声は届かない。
そんな世界をよく知っていたから、
やっぱりこのまま夜に消えたかった。

死にたいわけじゃない、
ただシャボン玉みたいに
誰も知らないどこかへ消えたかった。

痛み

この心がちぎれるような痛みは
どうすればきみに伝えられますか。

みんなでいるのにひとりでいるような孤独は
どんな言葉で紡いだならきみに聞こえますか。

何百回の夜を越えたらきみのように
人を愛せるようになりますか。

ひとりでも怖がらずに眠れるようになりますか。

何千回の見えない傷を負えば、ぼくはぼく自身を
「これで良かった」と思えますか。

選択

いままでの過去を
あぁ良かったんだと思えるようになったのは、
すべての出逢いと別れ、選択の連続が、
今日の自分へ繋がっていると気がついたから。

あのときの出逢い、あのときの別れ、
あのときの言葉がなければ
あの選択はなかった。

優しくない記憶を抱きしめながら、
今日もぼくは、ぼくを積み重ねてゆく。

いちばんの印

頑張っている人が頑張ってる事実だけでは足りなくて、
生産性や結果もセットで求められるこの世界は
何様なんだろう。

わかりやすいものや、いちばんの証、優等生のマークや、
この人は特別ですっていう印がついているものばかりが
拍手してもらえる世界が許せない。憎い。

いつのまにか、子どもの頃のように無我夢中で目の前のも
のに向き合ってるだけでは、誰も手を叩いて喜び、拍手は
してくれなくなった。

なにかを成し遂げた人はすごい。自分のことだけでなく人
や世界のことまで頑張った人は本当にすごい。
一方で、誰かを傷つけたりしないように、迷惑をかけないよ
うに注意を払って一生懸命生きている人もいる。

努力のかたちは人それぞれだ。
生きている「だけ」かもしれない人に、
私はもうそれで十分だと言いたくなる。
でもどうしてだか、無責任になりそうで言えなくなる。

人に何か言葉をかけようとすればするほど、
いつも必ず言葉が見つからない。
「頑張って」は他人事みたいで言いたくない。
「頑張ってるね」はどの目線がだよ、と自分で自分に
突っ込んでしまう。

考えすぎなのだ、たぶんそう。でも考えてしまう。
言葉ひとつで酷く傷つけてしまったらどうしよう、とか、
優しい言葉を伝えたいはずなのに優しくできない自分が嫌
になる。隣人への愛は綺麗事と紙一重で取り扱いに心底
困る。

他者を思う気持ちを、共通言語に変換するのは
やっぱりむずかしい。

今夜はなんだかとてもやるせない。

私も「生きているだけでいいよ」と誰かに言ってほしい気
持ちになった夜だった。

光

「人間の底が見たい」とは言ったけど
そこに仄暗い底なんてなくて

予想とはうらはらに眩しすぎる光が
あっただけでした。

答えは見つからない

なぜ、終わりがあるものは信じられるのでしょうか。
なぜ、幸せはときに誰かやなにかの
不幸のうえに成立するのでしょうか。

なぜ、それでも幸せになりたいと
願ってしまうのでしょうか。

なぜ、終わりある命をそうまでして
輝かそうと思うのでしょうか。

ぼくの宇宙

ぼくをぼくたらしめているものに
きみが描くような美しさなんか
ほんの一粒もなくて、
それは寂しいものなんです。

暗い暗いところから、なんの役にも立てない
孤独や絶望ばかりを星空みたいに並べるうちに
まるで宇宙のように何万光年どこまでも
心が膨張してゆくのです。

遠くなればなるほど、誰の声も届かない、
光さえも届かない、そんな寂しい宇宙を
身体のまんなかでずっと育てていくんだと
そう思うんです。

夢のはなし

眠ったあとの毛布のなかは、
ぼくそっくりの国が広がり
ぼくはぼくのための踊りを踊り、言葉を纏い
誰にも邪魔されない野原で、
きみにあげる花を紡いでみたり
たまに落ちてくる星を編んだりするんです。

なんにでもなれるこの国で、必ず毎夜することは
きみの姿を探し続けて、一目会いたくて、
身体がないまま
海や駅を走るのですが、
どんどんきみから離れていくんです。

怖くてぼくは目が覚めて
寒い部屋と小さな毛布と
硬い身体だけしかそこにはなくて

二倍悲しくなるんです。

創 作

日常のなかに置かれている詩的表現が好きだ。
これまで自分が好きだと思っていた物事は
詩的表現のためのパーツだったということに
気がついたときがある。

例えば、花が好き。
ただ、私の「花が好き」は花の生態に
興味があるわけじゃない。
自宅のプランターで花の苗を育て、成長を見守り、
ときに肥料をやり、苦労して開花させた喜びを味わいたい
とは思わない。
毎朝暗い顔がひしめく駅で、無造作にバケツに入って
売られている美しい花が好きだ。
花があるその風景も込みで好きになる。

コントラストの強い情景に心が動かされるのだと思う。
丁寧に植えられたバラ園のバラに興味はなく、
この世の底みたいな空気が滲み出てる
朝方の歌舞伎町に、
偶然落ちている一輪のバラが好きだ。

花だけでなく星も好き。宮沢賢治の物語に出てくる
悲しく輝く星が好き。宮沢賢治の寂しい目を通して
見る星が好きだ。
人工的なリゾート地で見る星空にはたぶん感動しない。

美しく希望だけを飾った場所は得意じゃない。
私には絶望のほうがずっと馴染み深いし、
希望はたまたま見つけてしまうくらいがちょうどいい。

心から花を愛でる人とは根本的になにかが違うんだと
ちょっと悲しくなったけど、

私はこれからも日常や人生を通して、
死ぬまでこういう視点で物事を感じながら生きていく。

理由はたぶんない、それが創作しながら
生きていくということだから。

絶望の詩

ぼくは泣いた。
絶望にぶたれて泣いた。
声にならない声で泣いた。

大事なものを大事にできない。
忘れたくないことを忘れた。

たとえ、命に意味がなくても
誰かにとっての意味になりたかった。

いくつもの生命の犠牲のうえに生きるぼくが
この世界にとっての何者かになりたかったと
二度目の絶望にぶたれて、また泣いた。

世界が嫌い

涙がこぼれた。
怖くて、
苦しくて、
悲しくて、
寂しくて、

望んでもいないのに産み落とされた世界を憎んで
誰にも埋められない孤独に耐えられなくて
自分ひとりを背負いきれないまま大人になって

どうしようもなく涙がこぼれた。

ぼくは今夜もまた泣いた。

迷子

世界は止まらず進んでいても
ぼくだけどこにもいけない気がした。

迎えの来ない親を待つ子どもみたいに
俯いたまま地面に絵を描いた、
あの頃とよく似た不安が、ときどきぼくを
どうしようもなくさせる。

身体は大きくなったのに
言葉にできない「大丈夫」が
いまでもほしくてほしくてたまらない。

ぼくだけのための「大丈夫」をどこかで
見かけませんでしたか。

この世界で、ひとりぼっち迷子になってから
もう、ずいぶんと長いのですが。

生活

日々、生活をしていると思う。
なぜこんなに急ぐように生きているのか。

誰かやなにかと競ってるわけではない。
人生は勝ち負けでないし、
生まれた理由なんてどこにもないのに、
なぜか無性にひとり置いていかれるような
錯覚をしてしまう。

日常のいろいろな場面には、
そんな感情になる瞬間が落ちている。
例えば、まるで人生はパズルゲームだ、とでも言うような
文章を目にしたとき(「無駄をなくす効率的な○○思考」
なんてタイトルがついていたりする)。

どこの誰がどんなバックグラウンドで
そんな言葉を紡いだのか私は知る術もない。
なのに「そんなところにいていいの? 置いていかれるよ?」

なんて叱られた気になってしまう。

それが悪いとは思わないけれど、
私にとって本当に大切なことは
効率とは程遠い場所にある。

昼まで寝た休日に降りしきる雨の音を聞いたことや、
電車の時間を間違えて駅で30分も待ちぼうけになったこと
初めての道に迷って知らない紫の花を見つけたこと
帰り道に、夜が近づく匂いが鼻先をかすめたこと

なんの意味もない瞬間に、
自分がここに生きてることを実感する。

SNSでバズったときでも、流行りのなんとか思考で
効率よくタスクをこなしているときでもない。
数字やデータでは表すことのできない再現不可能な感覚
が、そう訴えている気がする。

子どもの頃、虹の始まる場所にさわりたくて、
自転車でどんどん消えてゆく七色の光を
追いかけたことがある。

無我夢中で走るうちに知らない隣町まで行ってしまって
少し怖くなった。
もちろん虹の端っこにはさわれなかった。

でもあのとき、私の細胞は「生きている」と
無言で叫んでいた。

大人になった私はここからどこへ行こうか。
もう一度虹の端っこを追いかけてもいいかと思う。

急ぐ必要なんてない。

はじめからゴールテープなんて用意されていないし、
心ひとつでどこへだって行けるのだから。

それでも、って言いたかった

「なぜ生まれてきたのか」
「世界に救いなんかない」
「生きていたくない」

いつもそう思っていたあの頃。

本当にほしかったものは生きる強さだった。

こんな世界でもすべてを受けとめて
前に進む強さがほしかった。

「それでもぼくは」って
言える強さがほしかった。

こんな世界が大嫌い

よく広告で見かける
小さい命を救おうみたいな言い方が嫌い。
命に小さいも大きいもないだろ。

こんな自分も大嫌い

あのとき信じたのは自分だった。
だから自分を信じられなくなるのも
簡単だった。

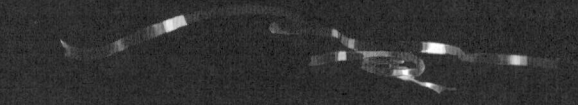

それでも

絶望は歩みを止めることはできない。

人は寂しいと植物を買う

少しまえ、寂しいと人は植物を買うという話を友人とした。
友人が花を買う私を見て「日常に花を買う余裕があって
すごい」みたいなことを言ってきた。うろ覚えだけど、
たぶんそんなことを言われた。
「いや、余裕があるとかじゃなくて寂しいから
花を買うんだよ」と返した。これは実体験だ。

20代の頃別れを経験した。
大騒ぎして周囲に悲しみが漏れたりすることはなかった。
ただ、それまでなにも置いてなかった部屋に植物の鉢や
花が増えていった。
小さな植物園みたいになってしまい、あまりに増えたので
天井まで届く専用の棚を買った。いまでもよく覚えている。
寂しかったんだ。

別れが受けとめられず、寂しくて寂しくてたまらなかった。
でもこういうとき誰かに甘えるやり方なんか知らなかった。
だから生きた植物をたくさん買った。
自分以外の生き物の気配を、そばに置いておきたかった。
いまでもそのときの名残は残ってる。

20代のときほど寂しさに狂う夜はないけど、どうしようもない

日は花を買う。
あの当時、寂しさから逃げるように作った私だけの
植物園は傷が癒える年月に合わせてすべて枯れた。
別れ自体の傷は癒えたけど、誤魔化してしまった他の痛み
は消えてない。

寂しさを隠したこと。誰かと分かち合いたかったこと。
痛みを認めなかったこと。
本当は植物を愛してなかったこと。
寂しいからそばに置いただけっていうこと。

そして最後には美しかった植物を枯らしてしまったこと。

寂しさと愛はよく似ているから、
見分けをつけるのがむずかしい。
買ったときは確かに「花が好き、植物を愛している」と
そう思っていたはずなのに。ただ寂しかっただけだった。
あと何回間違えれば、正しく見分けられるようになるのだろ
う。

もう誰も、これ以上枯らしてしまいたくないのに。

暗い部屋

いつも孤独だった。
すぐにでも心は壊れそうだった。
べつに多くは望んでないだろ。

今日もまた朝がくることに怯えて
ひとり毛布のなか逃げ込んで
暗い夜、部屋でうずくまった。

会いたい人にはきっと会えない。
言葉にならない声が静かに叫ぶ。

本当は強くなんかない、
いますぐ泣いてしまいたい。
こんな世界をぼくは受けとめられるだろうか。

こんな思いをするために生まれたわけじゃない。

アンサー

誰といても、誰に好きだと言ってもらっても
見えない心の穴を埋めることはできなかった。

気がついたらあったこの穴は、大きくなったら
埋まってくれると思っていたのに
どうしても埋まることはないんだということに
最近ようやく気がついた。

いまでもやっぱり塞（ふさ）がってはくれない。
寂しさを抱えない生き方ってどんな人生なんだろう。
ぼくの言葉は、
いつもそんな暗い暗い場所から落ちてくる。

でもぼくの寂しさと出会って
きみの寂しさが小さくなるなら
ぼくは死ぬまで寂しいままでもいいかと思う。

涙の星

大人になんかなりたくないけど
いつまで子どもでいていいのだろう。

なぜ人がこんな惑星に生まれてきたのか、誰も教えて
くれない。どこへ向かっていくのかも知らないままで、
世界は立ち止まることを許してくれない。

優しいね偉いね強いねって、
そんな言葉、聞きたくなかった。

こんな涙は、空に散って星になって
暗い銀河の水面（みなも）が星の光で埋まってしまえばいい。

ぼくはずっとその小さな光を探し続けてる。

居場所

いつも寂しい。
居場所がなかった、見つからなかった。
見つかる努力をしてないぼくに
誰でもいいから気づいてほしかった。

今日も帰りたくない、誰も気にしない。
好きな人は好きになってくれない。
この思いはきっときみには届かない。

すべてが不器用なぼくは
生きることが怖くてたまらない。

朝が怖くて泣いた。
夜に眠れなくて泣いた。
嘘をつかれて泣いた。
傷が痛くて泣いた。

こんなはずじゃなかったと泣いた。
愛されたかった。

世界の傷を切り取ること

日常の隅に落ちている他人の孤独や絶望、傷を切り取ることは覚悟がいる。
私は自分についた傷や暗闇ならいくらでも切り取れるけれど、人の絶望までは切り取る勇気がない。

具体的にあげるとなんだろう、例えば路上生活者を切り取る写真家。
社会の穴を描写する作家。実際に声をあげて活動することもそうかもしれない。
目にするたび心を揺り動かされ、同時に自分には到底無理だ、と思う。

人の傷を記録したり創作や活動として背負う強さが私にはない。自分が負った傷、そして過去、人に負わせてしまった傷を抱えるだけで、持っている少しの勇気をすべて使い切ってしまっている。

一度ついてしまった傷、誰かにつけてしまった傷はなかったことにはならないし逃げることもできない。自分を含む半径 5 m くらいの小さな世界のなかの出来事でも、目を背けたくなったり、見えないふり、なかったことにしたいことがたくさんある。

そこを飛び越えて、自分以上の景色の傷を切り取るには、どれだけの強さがいるのだろう。
まったく想像がつかない。

私は今後も手が届く距離の世界で、人から見たら「そんなこと」と言われてしまうような傷ばかりを、あれやこれやと書き綴っていくのだろうと思う。

大丈夫

人は息をするように嘘をつく。
刃物のような視線がぼくを見る。

きみはなにを考えて、なにがほしいの。
どうして遠くを見るの、なぜ黙るの。

愛より大丈夫がほしい。

この寂しさは死ぬまで埋まらない。

どうしてぼくは生まれてきたの。
どうしてみんな幸せなの。
どうして生きることはこんなに苦しいの。

理 由

生きてていいんだっていう理由がほしい。
だってそうじゃないと毎日
いくつもの命を犠牲にして
生かされていることがだめみたいじゃない。

そんなぼくはここにいたらだめみたいじゃない。
迷ってばかりの不安なぼくはだめみたいじゃない。

生きてていいと誰かに言ってほしい。
「きみに生きてほしい」って伝えてほしい。

いまここできみは生きてる、
もう大丈夫だからってそう言ってほしい。

静かな希望

毛布のなかで溢れる涙が
ひとつふたつとこぼれるたびに
宝石になったら、いいと思う。

夜を集めた海底で
瓶詰めされたビーズのような
粒がきらめく銀河になって

そこに＜静かな希望＞と名前をつけて
誰も知らない寂しい宇宙の
その海岸で、眠りたい。

夢

世界に心を閉ざしてしまって
毛布のなかに小さくうずくまり
そのまま眠ってしまった人が

無傷でいられる世界がほしい。

そして目が覚めたとき、
「なんだ悲しい夢を見てただけか」って
目覚めてほしい、ぜんぶ嘘だったって

どうか、どうか。

渇いてしょうがない

なぜこんなに渇いているのだろうか。満たされない。1ヶ月に何度か、名前を持たない感情に襲われる。やり場のない気持ちが頭を覆い尽くして心が迷子になりかける。誰かに会いたい。いや、会いたくないのかもしれない。呼吸が苦しい。満たされない。誰でもいいからこの気持ちに終わりをつけてほしい。

物心ついた頃から、ずっと満たされなさはそばにいた。身体はもうすっかり大人になったのに、いまだに満たされなさに翻弄される時間が嫌になる。

冷静に自分を見つめたとき、私は十分満たされていると思っている。サポートしてくれる家族、一生懸命に育ててきた自分の会社、自由に仕事ができる環境。切磋琢磨し合うクリエイターの友人たち、たまに息を抜いて遊ぶ時間。すべて手にしている。

そして、命よりなにより大切な創作。

自分が生み出した表現が評価され価値になる日々。
守りたいものばかり持っている。

それでも、渇いた時期と悟った時期が交互にやってくる。

「ほしいものはすべて手に入れた、あとはお返しをしていく
人生だな」と思うターンと「喉が渇いて渇いてどうしようも
ない」のターンが無限に続く。
いまはちょうど渇きのターンだ。

行き場のない気持ちに支配されている。
やるせない。じっとしていられない。夜の淵まで走りたい。
大きな声で叫びたい。思い切り泣いてしまいたい。
一体なにを叫びたいのだろう。

その声は、誰に届けたいのだろう。

私のどこまでも寂しい絶望で地球のすべてを覆いたい。そ

して、誰ひとり「自分だけが寂しい」と思わなくてすむ夜を見てみたい。こんなにも寂しさは溢れてて、こんなにも絶望はいつもそばにあって、だからひとりなんかじゃないんだって声の限り叫びたい。

本当は「寂しかった」って。

きっとそのたった一言が言えないままだから、なにを手に入れても終わらない寂しさに渇いてる。

いつか届けばいいと思う。

祖父、祖母、父、母、姉、兄、妹、弟、彼氏、彼女、夫、妻、友人、先生、知人、他人、通りすがりの人、近所の店員、たまに顔を合わせる病院の先生。どこかの知らない誰か。いつかの誰か。

言いたい、どうか聞いてほしい。

「ずっと寂しかった」。

おやすみなさい

ぼくと世界の繋ぎ目は細くて薄い。
最後の最後まで怖い思いなんかしたくないから
なんとかここにいるけど、幸福が約束されるなら、
いつでも足を踏み外せる。

あぁどうすればって、
もう何度も答えを探しているけれどきっと、
どうしようもないのだろう。

いまにも落っこちそうなぼくとよく似た誰かが
この世界のどこかすみっこで
ギリギリの夜に生きている。

だからやっぱり、ここから言葉を繋ぐ。
すべてを受けとめ、前に進む強さを繋ぐ。
遠くでそれを必要とする誰かと出会うまで。

第 3 章

ここからさきは自分が

信じた日々を生きようと思う

優しい人

こんな時代だからどんなときでも
立っていられるように
強くいるべきなのかもしれないけれど
できることなら、痛みに寄りそえる優しい人でいたい。

誰でも目に見えない、
どうしようもなさや弱さを背負いながら
なにかを隠し、我慢し、精一杯生きている。

傷つくために生まれてきたんじゃない。

生きていくことに強さを用意しなきゃいけないなんて
ほんとは悲しいよね。

ここにある

手にしていたものが、変化していくことは怖くない。
失くしてしまっても、
確かにそこにあった事実は変わらないし
それがなかったことにはならない。

あのときの優しくない記憶も、
忘れられない傷痕も
痛みが強ければ強いほど、

それだけ大切で愛しかった。

この世界について

誰かの役に立ったり
生活を便利にしたりはできないけれど、

雨の神さまの話とか、
命には裏と表がくっついている話だとか
記憶の側面がどうだとか、悲しみの始まる場所だとか
それでもこの世界は美しいんだっていう

そういうことを
いつまでもいつまでもお話ししていくことが
ぼくの役目です。

おとな

なにかあっても感情的に泣いたりしなくなって
大人になったんだなと思った。

大人になるって痛みに鈍くなることだったのかな。

毎日普通の顔をして大人をやっていても、
やっぱりどうしようもない弱さは抱えている。

だからぼくはこの広い宇宙のような寂しい場所に
美しいと思うことや嘘のない言葉を
流し続けていこうと思いました。

いっしょに泣いてあげる

説明できない涙が溢れる夜がある。

見ないふりしてきた傷だらけの荷物が
いくつも身体のなかにあって、
寂しい夜には、それがゆっくりはみ出してきたりする。

いまさら目を合わすと大怪我しそうだから、
なんとかあった場所にぎゅっと押し込める。

ひとつひとつ丁寧に向き合って、
折り合いをつけていく作業はまだむずかしい。

会いたい人に会えなくなったこと、
信じた道を見失ったこと、
夢が夢じゃなくなったこと、
いつだって考えてひとりで頑張ってきたこと、

探した答えが間違っていたこと、
痛む傷をなかったことにしたこと、
いくつもの「こんなはずじゃなかった」は
この先もずっと消えない。

そんな誰とも分かち合えない自分だけの傷を、
やっぱり掬い出してあげられたらと思う。

後悔と孤独と痛みに、色や音や、
言葉を重ねたら名前のない星が生まれた。
小さな星がここから光る。痛みの数だけ応答する星の光。

それを創作という名前の銀河にたくさん並べて、
どこまでも寂しく美しい夜空をつくりたいと、
私は思うんです。

強い人

いままで出会った「強い人」って
強くならざるを得なかった人なんですよね。

たくさん涙を流して、苦しんで、
そして消えそうな夜をたったひとりで
何度も越えてきた人。

どれだけつらかったかは絶対にはかりしれないから、
ここまで生きてきて、

そして出逢ってくれてありがとうって
心のなかでこっそり思ってる。

分かち合わない

悲しいことで落ち込むと、
「世の中にはもっと恵まれない人がいるのだから
きみのそれは些細なことだ」と
ぼくだけの悲しみを否定された。

下には下がいるのだと、
この悲しみはなかったことにされた。
同時に、なかったことにされた心も行き場をなくした。

だからぼくは、人に分けられない悲しみや痛みが
あることを否定したくないんです。

その苦しみは確かに存在しているし、
きみだけの地獄は他のなにかと
比較できるもんじゃないと思うんです。
向き合えなかった傷痕は、
なかったことにしなくていいんです。

分かち合えない痛みは、大切なものの場所を
ずっと示してくれているものなのだから。

見限らないでほしい

この不公平な世界に
きみはたったひとりしかいなくて
特別ななにかになるためでも
誰かを負かすために
生きてるわけでもないと思うのです。

希望も絶望も同じくらい広がっていて
どうやって息をすえばいいかもわからない日常で
どうか自分を見限らないでほしい。

今日も

うまく生きられなくて苦しいと感じているのは、
それだけ一生懸命に生きる心を
すり減らしているから。

人一倍生きることへ向き合っているから。

消えない光

こんなにむずかしい時代、
なにを手掛かりに生きていけばいいのだろうか。
人生の補助線はどこにも引かれていない。

「本当に大切なことは目に見えないんだよ」と星の王子さま
では言っていたけれど、本当に助けてほしい人も、世界の
目からは見えないようになっている気がする。

眠れないまま朝を迎えたことがある人が、眠れるようになる
方法は、どこにも書いていない。
誰かを傷つけないようにしていたら自分が傷ついて
ボロボロになってしまったときは、どうすればいいのか
わからない。

人に優しくしたいのに優しくできない不甲斐なさは、
どこに置いておけばいいのだろう。

次の足場が見つからない人、立ち続けるのがむずかしく

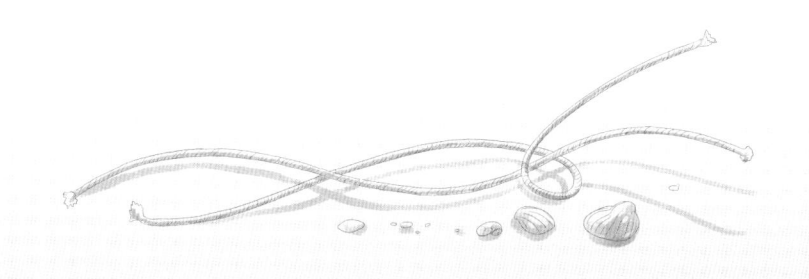

なった人、何回やっても同じ場所に帰ってくる人。

見えないけれど、この世界で迷子になっている人は
すぐ隣にいると思う。
きっと見ないようにしていたから、見えなくなってしまった。
見なくていい世界を作ってしまった、
私を含む多くの人が。

世界は不公平だと言いながら、
不平等な現実をつくり出すことに加担（かたん）している。

ただ、どんなに細い糸のようだとしても
世界の手綱（たづな）はひとりひとりが握っていると信じたい。

私が生み出す言葉ひとつが、
どんなに無力に見えたとしても、
いまこうして受け取ってくれる人がいる限り、
希望と呼べるものになっているかもしれないのだから。

美

例えば、なにかを美しいと感じたとき、
そのなにかが美しいのではなくて
自分自身がそう感じられる心を持っているからこそ
美しく見えるんだと思います。

この世界は望めば望むほど、強く美しく輝く。
あなたが生きている限り。

ぼくも精一杯、ぼくを生きます。

意味

生命があることに理由はない。
人間が意味を考えたときだけ、
生命に特別な理由が生まれる。

今日、魚を食べたとき
生命の理由はいちいち考えない。
蚊を殺すとき、生命の意味は噛みしめない。

でも、人は、人だけは、
生まれてきた意味を知りたがる。

どこかに理由があるはずかもしれないと探し続け
地球に無数にある生命のほんのひとつなことを
見ないふりする。

生命に意味なんかない。
意味なんかないけど、ぼくたちは光るんだ。

何者

私たちは、なにかを抱えながら生きている。
人に言えないことや、捨てられない想いだったり、
覚悟や、孤独、ときに嘘であったり、
どうしようもなさや弱さを手放せず抱えている。

そんな荷物を大切そうに抱えた人を何度も見てきた。

こんなにも、理不尽や暴力、情報、ゴミ、争いが溢れるこの世界、この時代で、それでも、人は一生懸命に生きていて、その生きる姿に意味も理由もなくていい。

そして、正解も不正解も、勝ちも負けもいらないと、
そう思った。何者かになる必要なんて少しもない。
いまの世界にヒーローはいらない。

ただ、次の一歩を探す、
その足元を照らす灯が
絶えないようにと願った。

絶望が見えたから光を作ろうとした。
暗闇があるから一粒の光を生み出せる。

生きるその姿にこそ、光があたりますように。

救いがありますように。

今日みたいな夜を何度も越えるため。
今夜も、ひとり立っていられるように。

祈り

きみがどうしようもなく崩れそうなとき
なるべくたやすく眠りが訪れますように。

今夜だけは星たちが静かでありますように。
毛布のなかでは戦わずにいられますように。
きみの心がどこまでも自由でありますように。

時間が柔らかに流れ、朝がくるのが
すこし遅くありますように。

そしてどうかきみだけの絶望に
光がありますように。

祈りの続き

たとえきみの世界が、

絶望しか見えなくなってしまっても
誰の声も届かなくなってしまっても
残酷で普通の日々が続いたとしても
ただ生かされているだけだとしても

「それでもこの世界は美しい」と
消えることのないきみだけの救いが
ありますように。

その後

いまにも途切れそうなこんな世界でも
信じるしかないじゃないですか。

すぐに変わらないかもしれないけれど
もしかしたら傷だらけになって
立ち上がれなくなるかもしれないけれど

それでも信じるしかないんです。
あきらめないで信じるしかないんです。
ぼくはそういう人間です。

寂しさ

寂しさをもっと言葉にしよう。

ぼくの「寂しい」と、誰かがちゃんと出逢えるように。
寂しさと寂しさが出逢えたなら、
もうこれ以上寂しくならないように。

優しくない記憶をいつまでも抱きしめられるように。
「寂しさと生きている」と思えるように。

創作は救いだ

創作に間違いはない。空がピンクでいい。
鳥が海を泳いでいい。星が降る夜があってもいい。

なのに、人は生きるなかで何度も間違う。
なんなら、大人になってからのほうが間違いまくる。
後悔して、自分を責めて、意味を求めて苦しくなって、
かたちに残すことがすべてじゃないといったって、
そう割り切れることでもない。

同じ傷を残してまでほしいものがあるのかどうかは
わからない。

ただ、正解も不正解もあやふやな世界で
創作は救いになった。
こんな世界を愛せるかどうかの挑戦でもあった。

どんな痛みも悲しみも、そこに優しくない記憶が
あったとしても抱きとめたい。
たとえ傷が増えるとわかっても、
この世界を一緒に抱きとめたい。

心底、燃費の悪い愛し方だと思う。
きっと痛々しい、認められない、いつまでもやりきれない。

でも物語が絶望から始まることだけは知っている。

創作は救いだ。
どんな過ちにまみれていても、
これだけは間違いにさせない。

鉱 石

ぼくの寂しさも、きみの寂しさもたった一夜で
消費されてしまうようなものにしてほしくないです。

泣き喚く心を引きずりながら
見てきたいくつもの景色が、あったでしょう。
言えないことも言いたいこともあったでしょう。
たくさんの過去を抱えてここまできたんでしょう。

繰り返し夜の底で紡いだ、声にならない叫びは
消えない痛みを纏った結晶をひっそりと育てている。

それは、どこまでも透明で
孤独な寂しいきみの鉱石。
それでもなお、光を放とうとする
強く美しいきみの鉱石。

ぼくはそんなものが本当にある気が
してならないんです。

業

チョコレートケーキもほしいし、
いちごのショートも食べたくなる。

業が深くてごめんなさい。
ぼくはそういう人です、
そんな人生です。

ぼくたちは、全然だめかもしれないけれど、
それでもなんとか、生きていけますように。

メメントモリ

ぼくが最期、世界と別れる日がきたならば
炎で燃やされ、煙になって
そのまま空高く上ってゆきながら
地球のいちばん高いところで
いちばん美しいと思うような、地平線を見る。

夜明けなのか、夕暮れなのか
どちらかわからない色をした
地球のグラデーションをそこで見る。

そうして雲と雨に溶けあって
星の祝福を浴びながら
また地上に落ちていくでしょう。
大地と海に迎えられ、地球のなかに、
ゆっくりじっくり還っていく。

ぼくは静かな場所で眠らない。
この果てしない生命の輪のなかに戻るだけ。

春は眩しい光になって、
夏は青い緑になって、
秋は広い空を泳ぐ風になって、
冬は冷たい煌めきを纏う。

ぼくの姿かたちがなくなって
散り散りになったとしても
世界にぼくは、ひそんでる。

だからどうか泣かないで。
だからどうか忘れないで。
ぼくはいつもそばにいる。

春の花

「なんのために生まれたんだろう」「生きているあいだになにを残せるのだろう」と考えることがあるけれど、生命のひとつひとつに理由も意味もないんじゃないか、と思う。

人も動物も植物も昆虫も雲も星も、この世界にかたちを持つすべてのものはただただ大きな循環の輪のなかで廻り続けていて、この世界のいまこの瞬間を構成する一粒が、私なんだとそう思った。

終わりも始まりもわからない宇宙で、ほんの一瞬光を放って小さく揺らぎ、またすぐに消える。
それが人の生きる姿で、
それ以上もそれ以下もないんだろうと思う。

だから生きる悩みや苦しみなんて、広大な宇宙から見下ろすとアリの小指のさかむけくらい小さく小さいことで、
昨日あった嫌なことも、忘れられない傷のいくつかも、

生きる意味を考え続けることも、未来に不安を抱くことも、
大きすぎる循環からしたらどうでもいいことなんだろう。

それでも目の前の小さな社会や、自分のなかに湧き起こる
感情について葛藤している私がいる。

自分のどうしようもなさや矛盾、苦しみ、悲しみ、湧きあが
る多くの感情を「どうせこの宇宙の一瞬の揺らぎだからい
いじゃない、意味なんかないから好きにやればいいじゃな
い」なんてとてもじゃないけど思えるようにはならない。

生まれ変わったら、植物になりたいと思った。

幸せになりたいも、愛されたいも、苦しみも、なにもなく、
ただその場で花を咲かせ、風に揺らぐ、
春の花になりたいと思った。

sis

いつしかぼくらは大人になったけど
最初からなんにも、持っていなかった。
ほしいものなんて、一個も持てなかった。
「なぜどうして」、と何度繰り返したか
わからなくなるくらい月日もたってしまった。

この寂しさはきっと死ぬまで埋まらない。

それでも一緒に歩こう、遠いあの日のように。
足が痛くなったらおぶってあげる。
絵本も読んでお絵描きしよう。

帰る場所はずっと見つからないけど
意味なんかなくたってぼくらは光る。

誰かのためなんかじゃない、自分のために。

おそろっち

言いかけた言葉を飲み込んだこと。
悲しむことさえ許してもらえなかったこと。

ただ生きているだけで傷だらけになったこと。
こんな世界から落っこちかけたときのこと。

違う人間のようで皆おんなじだった。
この言葉を見ている人は、ひとり残らず
愛されたいと、泣いた夜がある人だから。

この話に救いはないけど

もう何回目か数えてないけど世界に絶望したし
誰かや何かをあきらめることも何度もあったし
それでもなんとか折り合いをつけたし
どう転んでも満たされない人生だし
変わりたくても変われないし
でもそれでも朝はくるし
この話に救いはないけど
ぼくは生きるし
愛されたいし
わかってほしいし
ぼくを選んでほしいし
何かを望むことを許されたいし
どうしようもないってあきらめたくないし
ぼくはぼくの世界で希望があるって信じたいし

定 義

めまいがするくらい広大な宇宙のなかの
地球という惑星(わくせい)に生まれて

そして何億と人がいるこの世界で
数えきれない偶然と選択を積み上げて手を取った。

運命に選ばされたとかじゃなくて、自分で選んだ。

これをぼくの幸せの定義としたい。

冬 星

冷たい冬の夜空に煌めく星は、本当に美しいと思う。
星を眺めていると、宇宙のどこまでも広大な時間と空間を
想像させてくれる。

遠くにある星をじっと観察しながら、星が生まれ育つ果て
しない時間を思うと、なぜか無性に懐かしさと切なさを感じ
ることがある。

もしかしたらDNAのなかに宇宙の記憶がぜんぶまるごと
刻まれているのではないかと、そんなふうに思った。

人になる前の記憶、一粒の細胞だった頃の記憶よりももっ
と前、そう、宇宙で惑星の塵として漂っていた頃の記憶
が、身体のどこかにきっとあるのだと、夜空を見上げながら
根拠のない納得をした。

超新星爆発を起こしまた新しく星は生まれる。
宇宙は繰り返す。物質もめぐる。
そうしていまここに私がいる。

姿形はなくなっても、何度も始まり、終わり、
そして続いていく。

めまいがするくらい広大な宇宙のなかの太陽系なんて場
所に生まれ落ち、何億と人がいるこの地球で、数えきれな
い偶然を積み上げ、いまここにいる。

そこできみと出会った。きみの手を取った。
運命に選ばされたとかじゃなくて、自分で選んだ。

そういう惑星に私は生まれた。
これを私の幸せの定義としたい。

生きることは残酷だ

世界は不公平だ。
生まれる土地は選べない。
親も選べない、身体も選べない。
命の長さも選べない。

生きることはこんなにも残酷だ。

それでも、ただ生きるその姿に
光があたりますように。
救いがありますように。

絶望があるから一粒の光を生み出せる。

誰にも気づかれないとしても
いまは自分にしか見えなくても
いつかは消えるとわかっていても

今日みたいな夜を何度も越えるため、
ひとりでも立っていられるように。

幸せになるため

生きることは多くの葛藤と矛盾を抱えている。
なんのために生まれたのか、
考えるから苦しいんだと言われたけど

この世界に人として生まれた以上
ぼくは、答えを見つけたいと思ってしまう。

「幸せになるため」だなんて
口が裂けても、言えないけれど

それでも苦しむためじゃないことだけは確か。

幸せのかたち

「人はなんのために生きているの?」と問うたとき、
「幸せになるためだよ」という答えが返ってきたときが
あった。まだ小さい子どもの頃の話だ。
「幸せ」の定義も知らなかった私は「幸せってなに? なら
なきゃいけないの?」と答えたけれど、「そうに決まってるだ
ろ」と質問は強制終了した記憶がある。

そうして大人になったいまでも、生きることと幸せになること
は、イコールに思えない。私はよくこんな文章ばかりを書い
ているからか、心のどこかを心配されることが多々ある。毎
日苦しみや悲しみに明け暮れていると思われているのだ。

ただ私にとって絶望はそんなに悪いものではない。
確かにつらいときもある。眠れない夜もかなりある。
世界にひとりぼっちになったような気持ちになるときがひと
月に何度もある。

ただ絶望は絶望で終わらず、ときに希望も見せてくれる。
自分の立ち位置を思い出させてくれる。
なんのために生まれてきたのか、ヒントもくれる。

私をより私らしくしてくれる。

私には生きるために絶望が必要だった。
幸せだけの人生ならば、いまここに私はいないだろう。
（それはそれでいいのかもしれないけれど）

幸せのかたちは人それぞれだ。
他人から見たら幸せのかたちをしていなくても。
たとえ苦しみや孤独、悲しみのような、他人からは幸せと
程遠いものが混ざっていたとしても。

子どもの頃、わからなかった私の幸せのかたちは、
二面的で歪だった。
希望と絶望、悲しみと喜び、いくつもの相反する性質が
混ざり合ってどうしようもない姿をしている。

それがいまは気に入ってる。
なんて自分らしいんだと。

涙の詩

真夜中、涙がこぼれてしまった。
悲しく冷たい青が視界を染めた。

地下の奥底、地上の果てまで広がって
この惑星が沈めばいい。

海になってしまえば、
ぼくが見つかることもないだろう。
それでもきみに会いたかった。

涙の水面に宝石みたいな星が降る。
ぼくはその光を集めて希望を紡ぐ。

透明な宝石

「大丈夫じゃない」と呟き流れた涙が
会いたい人に会えなくて、流れた涙が
なにもかもあきらめてしまって、流れた涙が
心がどうしようもなくて、流れた涙が
声にならない叫びを隠した涙が

世界でいちばん透明な宝石になりますように。

そのキラキラ輝く光を浴びた、きみの明日が
ここからずっと大丈夫になりますように。

幸福

夕方、帰り道
どうしようもなく泣いた。

次から次へと涙が溢れて
泣くのを一生懸命に我慢した。
唇を嚙んで、泣いた顔を隠した。

たとえ他のなにかを犠牲にしても、
この世界で生きることをあきらめないでほしかった。

また明日になったら、
これまで落としたぶんの幸福が
足されていますように。

言 葉 の 剣

なにもかもうまくいかなかった。

世界のすべてが敵に見えた日があった。
生きることに許可なんていらないはずなのに
誰かに、生きてていいよと言ってほしかった。

自分を傷つけることでしか
心を守れなかった。
世界を呪うには十分すぎた。

十分すぎる悲しみが
きみを眠れなくさせてしまうのならば、

ぼくはそんな夜を
言葉の剣で壊したい。

それでもなお

仕事へ向かういつもの道で、なんとなく苦しくてふと足が止まってしまうことが続いていた。

毎日同じことを、普通に繰り返しているだけなのに、明日も明後日もこの普通が続いていくのだと思ったら、余計に苦しくてどうしてこんな気持ちになるのかわからなかった。

「もうこれ以上は歩けない」と思いながら「こんなところで止まるもんか」と誰にも届かない表明を、何度も何度も何度も、胸に刻んだ。

歯を食いしばり、顔をあげ涙を落とさないよう足を前に進めた。

消費のための希望はいらない。絶望は見せ物じゃない。
すぐに忘れる「頑張って」もいらない。
なにも知らないくせに。信用できない。

なのにこんな世界で、私は、
それでも光を見つけたかった。

何億人もいるこの惑星で、気づかれないままの光はどれだけあるのだろう。そう、いまこの瞬間も。

唇を噛み、肩を震わせ、涙で視界がぼやけても、それでもなお、と明日をあきらめない人がいる。誰の目にもうつらない静かな覚悟がある。

たったひとりで生きると決めた弱さも強さも
そこにはあった。

こんな世界で見つけたかった光は、教室の隅で心を殺していたあのとき、泣くのを我慢した帰り道、自分の家で居場所が見つからなかったときに、声なき意思をまとって静かに小さく光っていた。

やっぱり世界には気づかれないままだけど、
私にはちゃんと見えている。
ここからその苦しみも喜びも声なき叫びも見えている。

だって同じだったから。こんなにも一緒だったのだから。

たったひとつ

世界はたまにどうしようもなく残酷で
誰かのために傷つく優しいきみが
その優しさを傷つけられることなく
生きられる世界でありますように。

生きる意味が見つからないままでも
生きられる世界でありますように。

それでもなお生きたいと思える、
たったひとつの光が見つかりますように。

愛 の 足 跡

大丈夫になりたかったけど
大丈夫のやり方が見つからない。

後悔しかないあの日の帰り道も
言わなくていいことを言った夜も
愛してほしいと言えなかったあの日も
なんとなく消えたいと思ってしまったあの夜も

愛されるべきときに愛されなかった。
そんなきみが愛の足跡を探しながら

これからも、なんとか生きていけますように。

色褪せない光

「もうやめよう」たった一言を決意することが、
こんなにも息が詰まるような痛みを伴うとは
思っていなかった。

なにかをあきらめることは始めることよりも
勇気を必要とする。

いざってときに心ってやつは、
もう少し奮い立ってくれるだろうなんて
思っていたけど、
そんなに強くできてなかった。

自分で思うより自分はずっと弱い。
誰も、なにも悪くないのに、強くなれなくてごめん、
と思った。

説明のできない罪悪感と、
もう続きを描かなくていいんだという安堵感と、

居場所を失ったような喪失感が一度に押し寄せ、
ムリ耐えられないと思ったけど、
普通にお腹は空くし普通に眠れた。

心が機能しなくても、
生きるために身体は機能している。
そんな心と身体の矛盾で、
心底惨めな気持ちに襲われながら、
未練があるっていうのは幸せなことだとも思った。

きっとそこには希望があったのだろう。
きっと何度も救われたのだろう。
そして世界が鮮やかに見えたんだろう。

瞬きのようにほんの一瞬、
光が煌めいた刹那は
色褪せない夢のままでいてくれる。
このあと残りの人生も、ずっと。

願い星

世界がどんな顔をしようと私たちは生きている。

心が不安でいっぱいになっても、寂しくても、
目にうつる景色に救いがなくても、
明日のために呼吸を止めることはできない。

人は生き続ける。だから生きるためにはどんなにささやかで
も希望が必要だ。

たったひとりの私が生み出せる希望なんて、ちっとも立派
なものなんかではなく、すぐに消えてしまってもおかしくない
ような小さな光を並べて、どうにかいまをやり過ごしてい
る。

ふと空を見上げると、はるか上空に満天の希望を抱えた
星空があった。

すべての人に分け隔てなく、その光を見せてくれる夜空に大きな勇気をもらえた気がした。

この地上も、夜空の星のように、いつかすべてがフェアに煌めく日が来たらなと思う。

生きることをあきらめなくていい世界、あきらめたほうがましだと思わなくていい世界。自分を犠牲にしないでいい世界、「幸せになれない」なんて呪いが存在しない世界。

きっとすぐにはむずかしい。とてもとてもむずかしい。
それでも「いつかちゃんと大丈夫になる」ための小さな光を、この本にそっと並べておきたい。

小さな希望が、顔も名前も知らない、きみのそばに無事に届いてくれますように。

花はきれい

どんなに願っても、もう会えない人がいて
どうしようもないくらい頑張れない日があって
普通の笑い方を思い出せない日があって
花がきれいだよなんて言われても
なんの足しにもならない日があって

選べなかった人生があって

花がきれいだと思える日もあって
なんとか笑える日もやっぱりあって
また頑張れると思える日があって
あした会いたい人がいて
ぼくが選んだ人生がここにある。

ご褒美

世界のすべてが美しく見える日と
この世界のすべてが許せない日を
いったりきたりしている。

ただ優しく生きたいだけのはずなのに
誰かを傷つけてしまったり
傷つけられたりすることが
ほんとは怖くてたまらない。

どうか生きててよかったと思える日が
これからたくさんありますように。

生まれてきたご褒美みたいな日が
いつか迎えにきてくれますように。

夜

「普通の毎日が続いていくだけなのに
無性につらくてたまらない」と、
眠れない夜を過ごす人たちが
「もうここからは大丈夫だから」と
言われる世界になりますよう。

光

人は公平じゃない。
生まれる土地は選べない。
親も選べない身体も選べない。
生きる長さも選べない。

唯一平等なのは人は死ぬということ、
生きることは残酷だ。

だからこそ自分だけの
希望の光を見つけてほしいと思う。

綺麗事だろうがなんだろうが
ぼくは必ず最後まで光を探す。

どんなに小さな光でも
すぐに誰かに気づいてもらえなくても
いまは自分にしか見えていなくても
いつかは消えるとわかっていても

それでも光ろうとする人は美しいのだから。

影を追わない限り
光は描けない

先の見えない世界を生きている。

ひとり立って、誰とも分かち合えない地獄を生きている。怖いことばっかり起きるから、とっくの昔に心は麻痺している。慣れないとやってられないみたいな境地に入ってる。

だから、特別な何者かになるとか、誰かのヒーローでいるとか、そういう類の言葉はもう聞きたくないと思った。

代わりにどんなに小さくても一粒の光を、灯火を、消さないで絶やさないでと願った。

ときに蝋燭のように暖かく柔らかで、ときに鋭いレーザーのように。ときに燃え盛る熱い炎のように、ときに眩しい木漏れ日のように。ときに見えなくなった行き先を照らす足元灯のように、

そして誰の目にも分け隔てなく輝く夜空の星のように。

悲しみや絶望は人と分け合うことはできない。
私の悲しみや恐怖、痛みは
誰とも分かち合うことはできない。

だから、何度も何度でも、同じことを何回も何回も、光にな
れるかもしれない言葉を繋いでいきたいと思う。

影を追わない限り光は描けないのだから、今日も明日も、
痛みの数だけ光を一粒生み出したいと、そう思った。

暗闇のなか足場を探す誰かのところへ、光があたるべき
誰かのところへ、生み出し繋がった言葉の一粒が、小さく
光ることを願って。

「変わってる」って言うな

「普通」とはなにか
「正しさ」とはなにかと、
葛藤しながら
自分の人生を生きる覚悟を決めていくこと。

呪い

夢がひとつ叶うたび、

自分で自分にかけた
「幸せになれない、なってはいけない」

という呪いから自由になっていく。

いのち

頼んでもいないのに
こんな世界に産み落としてくれて
ありがとう。

なにかと戦わなくても、
きみが生きていけますように

もう何十年も生きているのに、生きることが全然うまくならない。そして、いくつかの大事なタイミングでうまく選べなかったことがたくさんある。
あきらめたこと、選ぶしかなかった、みたいなときも何度もあった。

「どうして、どうすれば」ってボロ雑巾みたいに悔しくて情けない気持ちを、それでも離さず握り締め、この選択を未来で正解にするという覚悟で生きてきた。

覚悟なんてそうそう決めない人生のほうが、きっと幸福度は高い。できることならそうしたかったけれど、生きることがあまりに下手くそな私は、多くの場面で何度も覚悟を総動員することになってしまった。

その場しのぎの覚悟ではうまくいかず、部屋から出られな

くなったような時期もあった。自分だけが置いていかれる
気がして何年も立ち直れなかった。説明のできない涙が
毎日流れ、人ってこんなに涙（水分）が身体のなかにある
んだと思った。

そんな不器用すぎる生き方は少しずつ時間をかけ、大切
な場所への一歩になっていた。部屋から出られなくなった
時間は、知らず知らずに多くの言葉を私のなかに積み重
ねていた。

例えば、ただ生きているだけなのに、なにかと戦っているよ
うな気がするということを知った。いまにも途切れそうな夜
を越える気持ちを痛いほど味わった。いつか大丈夫になる
かもしれないと、疑いと願望の隙間で葛藤する辛さを胸に
刻んだ。

それでも、涙が流れたままでも、割り切れないままでも、傷
が治らなくても、落っこちないでギリギリ踏みとどまった。

いまだからこそ、どんな選択も絶望にするのか希望にするのかは、少し先の未来の自分次第なんだとようやく気がついた。

あのときの「もうどうすればいいかわからない」と自分の未来を絶望した時間がコインを裏返したように明るくなっていくことを、いまやっとここで実感している。

だから、私たちは生きなきゃだめなんだ。

今日は絶望しか見えなくても、部屋から出られなくても、
家から数歩しか歩けなくても、会いたい人がいなくても、
教室に居場所がどこにもなくても、
なんとなく死にたくなっても、

ある日コインが裏返る、ちゃんと大丈夫になるから。

会いたい

疑うことは誰にでもできる。
だからぼくは
信じることができる人でいたい。

寂しさの正体

心のどこか奥深くに消えない寂しさがある。
大人になっても消えないし、
寂しさの正体もわからないままだ。
自分でさえ取り扱い方に困っているのだから
誰もこの寂しさに触れることはできない。

ただ、いまこの瞬間、同じようにひとり
寂しさを叫んでいるきみはこの惑星のどこかにいる。
決して分かち合えない寂しさを抱えた、
ぼくたちはよく似ている、同じ生き物だ。

そして遠く離れたぼくたちは寂しさで繋がった。
寂しい世界だからこそ引き合った。

寂しさを分かち合うことはむずかしいけれど、
夜に叫ぶきみのところまで、
決してひとりにならない言葉を届け続ける。

孤独な夜も、痛みに耐えた夜も、涙で滲む夜も、
本は、言葉は、ぼくは、
決してきみをひとりにしない。
信じていいよ。

言葉

きみが寂しい夜に押しつぶされそうなとき
星の光のように言葉が隣で輝きますように。

希望も見えない暗闇で溺れそうな夜には
言葉が次の足場になってくれますように。

きみとぼくに関係がなくても、
言葉がふたりを繋ぎ止めてくれますように。

たとえば、

暗闇をたったひとりで歩いてきた人だけが、
寂しさを抱きしめ優しく微笑む人だけが、

十分すぎる痛みを抱えても、
なお笑おうとする人だけが、
孤独の底を知ってる透明なその眼差しを
持つ人だけが、

この世界でとびきりの強さと美しさを纏っている。

青い情熱

帰り道、月が光っていた。月が出ていると目が離せなくなる。しばらく月を見つめて歩いた。

月の光は、世界のどんな場所でも平等にその光を届ける。

光を見ていると、明るい日差しの下ではわからなかった自分の感情に気がついた。

それは「ただただ無力だ」という自分への失望感で、なぜか心臓が痛かった。

見たくないこと知りたくないことは、見たくない知りたくないのに見えてくる。

瞼を縫っても耳を裂いても飛んでくる。終わらない争いが今日もどこかで起きている。いま、この瞬間にどこかで人が死んでいる。

いま、この瞬間にどこかで子どもが泣いている。

誰ひとり、悲しみに涙をこぼさない世界が見てみたい。

世界の淵からいまにも落ちそうになる人がいなくなる世界が見てみたい。

争いに、理不尽に、暴力に、苦しむことのない世界が見てみたい。

こんなに無力な私はすべての絶望を希望に変えるなんてこと到底できやしない。そして、あんなに美しく平等に光を見せる月でさえ、世界を変える力は持っていない。

それでも、夜の暗闇で眩しく光る天体に、希望を祈る人はきっと私だけではないだろう。そう、どこにいても平等に光を届けてくれる月の存在そのものに。

世界の端っこなんかにいた私にも見えた、真夜中の灯があった。
希望と絶望の両方を見せてくれたその姿が、身体の中心で終わらない熱をおびている。世界への熱が決して消えることなく、今日も小さく静かに燃え続けている。

それはきっと夜に生きた私が、いつでもそばにあった光に救われ続けたことの印なのかもしれない。

まっくら

自分で生き方を選びたい。
この世に自分はひとりしかいない。

誰かと比べる必要はない。
人には人の地獄があって、
ぼくの悲しみはぼくだけのものだ。

多すぎる声が嫌でも聞こえてくる
こんな世界だからこそ
手探りで未来を選ぶ強さを忘れたくない。

生命

やるせなくて胸がいっぱいになった。
このやるせなさは一体どこへ置いておけば
いいのだろう。

例えば、たったひとり、この世界で立ち続ける人の頑
張りも悔しさも不安も理不尽も「こんなはずじゃなかっ
た」も、すべて飲み込んで精一杯生きている人が、そ
の姿を誰にも見つけてもらえなかったら、と想像したら
やるせなくて心がちぎれそうになった。

頑張った人に優しい世界が用意されていてほしい。
理不尽に殴られたあとは
とびきりの幸福で包んでほしい。
不安で眠れない夜はせめて怖い夢を見なくて
すむようにしてほしい。

すべての生命は美しいんだって言ってほしい。
生きていて大丈夫なんだよ、と誰の目にも見える場所
に書いていてほしい。
やるせなさなんか見つからない世界になってほしい。

根拠なんかまったくないすべての祈りを込めて。

かくれんぼ

世界への憤りとか、
自分の無力感とか、

そんなやるせなさで
心がボロボロになってしまいそうなときは
誰のためでない自分のための言葉を紡ごう。

自分のためだけの大丈夫。
根拠のない大丈夫だけが、
このやるせない世界からぼくを隠して
救ってくれるような気がした夜だった。

なれるよ

たったひとりで立ち続けている人、
悔しさも人一倍感じてそれでも続けるしかない人、
伝えたい想いがずっとある人、
誰かを傷つけてしまいそうでひとりを
選んでしまった人、
助けて、の一言が言えない人、

この世界でちゃんと
幸せになってほしい。

折り合い

人から見れば些細な出来事でも、あきらめることを重ねて生きていくのは、大きな絶望に繋がる。

特に、自分の半径5m以内くらいの物事や人をあきらめることは、人生に見切りをつけてしまっているようで、この種類のやるせなさは、あきらめたことがある人にしかきっとわからない。

私は、そういうあきらめや虚しさに何度も殴られたことがある。だから同じ種類のそれを見かけると、どうしても自分と重ねてしまう。

最初はなんとかしようと思った心の軋みも、それでもなんとかならなくて、これ以上自分が傷つかないようにあきらめることを選ぶしかなかった弱さも、「これはこういうもの」と決断した優しさも、そしてこれらを埋めることができるものは結局どこにもないことも知っている。

半径5m以内くらいの大切なものの代わりなんてそう簡単には見つからない。代えがきかないからこそ、あきらめたことに対する絶望はとても大きい。まれにリセットしていちから構築できる強者もいるけれど、だいたいの人間はそんなに強くできてない、自分も含めて。

やっぱり、あきらめたくなくてなんとか考えて、もしかして、と思って、あぁやっぱりだめなんだと何回目かわからない虚無感に襲われて、その繰り返しで、その境界線上でなんとか生きている。
なんとか折り合いをつける人生を生きている。

この話に結論はないけれど、たんぽぽが綿毛になる瞬間が見たいなと思った。
絶望のなかにそういう気持ちもあるんです。
季節が変わるのを今年も迎えようと思う気持ちが。

銀の三日月

いつまでも強くあることを
求められる世界で
きみは、優しいきみのままで
いられますように。

生きることは間違うことばかりだ。
だからどうか、強い人より優しい人で
いられますように。

日常をあきらめない、きみが
優しい銀の光のままでいられますように。

あ の 頃 の 自 分 へ

ぼくの言葉は、遠回りした遠いあの頃、
生きるのがむずかしかった過去の自分を
救うための言葉を紡いでいるんだと思う。

呪いの解き方は、
はじめからきみのなかにずっとあるんだよって
昔の自分に言ってあげたくて紡いでるんだと思う。

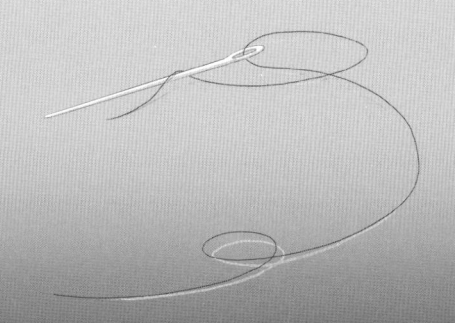

たった一粒

小さくてもこの世界に
光が一粒増えることをする。
次の未来に生きる人へ
なにかを残せるように。

青 の 炎

「意味なんかなくても」と何度も詠ってきたはずなのに
こんなに寂しくなるのは
意味がほしかった証拠だろう。
こんなに幸福を思い出せるのは、
そこになにかがあった証拠だろう。

誰も知らない場所で、音を立てずに燃え出した
ぼくだけの青い炎は、まだまだ消えてはくれない。

小さな高温を保ったまま、どこまでも普通の毎日に
痛いくらいの熱を残し続けている。

いつかまた、きみの耳に届くまで。

言葉

言葉は取り扱い方がむずかしくて、間違った使い方をしないように、誰かを傷つけてしまわないようにって、そんなことを考える。

でも自分の言葉にしなきゃ言いたいことも言えないし、伝えることもできないから、身体のすみっこのほうへ追いやってしまった、孤独や寂しさ、優しくない記憶に言葉をあたえて、この世界に書きとめて、

私の言葉は
そんな海の底みたいな場所から生まれてきます。

でもそれを見てくれる人もいて、この寂しさも役に立つんだと思ったりもして、

じゃあやっぱりこれまでの暗い暗いぜんぶは、このためにあったのか、なんて思ったりもするわけです。

石ころ

こういう生き方しかできなかったと思う。

こうなりたいっていう生き方もあったし、
ほしかったもの、それから選べなかった人生もあった。
たくさんあきらめて、ただ目の前にあったものを拾って、
理想通りに生きられない私は、ありふれた石ころみたいな
なにかを昨日も今日も、大事に磨いたり眺めたりして過ごし
てきた。

天才的な才能なんてものが魔法みたいに出てくることは最
初からなくて、あるのは昨日も今日も目の前のそれに向き
合った事実だけ。

その事実が「こういう生き方しかできなかった」を作ってく
れた。
石ころみたいななにかは磨いていくうちに光るようになって
才能とかセンスとか、なんとかってラベルが貼られたりもし
たけれど、

私にとってはいつまでもありふれた石ころ。
迷いながら歩いていたら、たまたま見つけた小さな地球の
かけら。

優しくない記憶を迎えに行く日

ぼくたちはずっと寂しい。
言葉じゃ救えない孤独がある。
普通に生きているだけなのになにかを間違うときがある。

かたちにすることがすべてじゃないし、なにかに残すことが正義じゃない。ただ、あのときのあれもこれも間違いなんかにさせたくなくて、こうして言葉を繋いでる。

私は結局、どこでなにをしてても言いたいことはほんのひとつかふたつしかなくて、毎日紡いだ言葉のうえを何百人何千人何万人が通り過ぎて行こうが、こうして言葉を見つけてくれたきみひとりに伝われば、こんなに嬉しいことはないと思うんです。

たとえ世界中の誰も知らなくても、きみひとりだけが知っていてくれればいいと、そういう人間なんです。

私は文章を書くことを、自分の表現・創作活動のひとつだと捉えています。私にとってこの活動は人生のなによりも大切なことです。ただ、芸術は生きていくこと

に必要ないかもしれません。

生命維持活動には直結しないし、芸術でお腹は膨れない。でも詩や言葉とたまたま出会ったことで、その人の人生を変えてしまうほどの力を持っていることも知っています。

本、音楽、漫画、映画、アニメ……、逃げ込んだ夜に、崩れそうな夜に、途切れそうな夜に、光を見せてくれるのはいつだって芸術だった。明日を生きる力になってくれた。どんなに寂しい夜も癒してくれた。今日みたいな夜を何度も越えるため。これ以上寂しくならないように。誰に信じてもらえなくても。たとえ情報の海にかき消される声だとしても。優しくない記憶を抱きしめられるように。この世界の淵から落っこちたりなんかしないように。

そしていつか私の言葉も、創作という名の銀河で名前も持たない小さな星になると、子どもみたいに信じている。

たくさん集めて繋げて煌めく星座になって、間違いから生まれた嘘みたいな星の光が、この世界のどこにいたって目に映る。そんな景色が見てみたい。

まだ会えないたったひとりへ届くまで、今日も明日も。明後日も。

あとがき

こうして私が本を書くことになるなんて数年前の自分
が聞いたらびっくりするかもしれません。小さい頃から
本が大好きで、図書カード500円券を握り締めて、本
を買いに行くような子どもでしたが、まさか自分の本が
書店に並ぶとは夢にも思っていませんでした。

私がここまで生きた道のりは、社会との馴染めなさに
折り合いをつけたり、つらかったこと、あきらめたこと、
やっぱり自分と他の人は何かが違う、自分は生きるた
めの重要な何かを持っていないんだ、ということを認
めなければならない場面が何度も繰り返しあるような
日々でした。

一言でまとめると
「生き辛かった」という言葉になります。

知らない人のいろいろな情報や暮らしをすぐに知れる
この時代では、生き辛さは珍しいものではないと思い
ます。だからきっと人は、どうしようもなさや弱さを、でき
るだけ見えないように背負いながら、毎日普通の顔を

し、一生懸命生きています。

何かを隠し、我慢し、精一杯生きています。

偶然、抱える不幸がはみ出してしまったら、傷なんか見せびらかしてどうなるんだ、弱さを武器にするな、と、そんな声が遠くのほうから聞こえてくるような気もします。

生き辛さを全面に出し、反芻する絶望を創作にすること、つらい記憶をわざわざ掘り出し、並べ、問いかけ、感情の居場所を見つける作業は、不幸を切り売りしているのだろうかと、そう思った時期もありました。

でも、やっと置き去りにしたいくつかのものを迎えに行けた。いまの私だからあのときは向き合えなかったもの、見ないふりした傷、なかったことにした痛み、優しくない記憶たちを、迎えに行けた。それがこの問いへの答えでした。

いまとこれからを肯定することによって、変えられない否定したいはずの過去が、肯定へと変化する。

そんな瞬間を何度も経験してきました。

絶望も理不尽も葛藤も暴力も弱さも不条理もなにもかもぜんぶ飲み込む不器用な生き方しかできませんでしたが、やっと、そう思えるようになれたんだと思います。

本や自然をそばに育ててくれた両親、いつもサポートしてくれるパートナーと家族、ユニークな私に声をかけてくれる友人、創作のきっかけをくれるアーティストの友人、本を作りましょうと声をかけてくださったかんき出版社のみなさま、編集のゆうかさん、そして「救われた」と言葉をくれたあなた、私をあきらめないでいてくれたすべての人に感謝を込めて。どうもありがとうございました。

2025.02
冬の星が瞬く京都の日に。
吉澤ハナ（まよなか）

【著者紹介】

吉澤　ハナ（よしざわ・はな）
●──1988年生まれ。滋賀県出身・京都府在住。
●──2015年からアーティストとして創作活動を行う。
●──2021年、クリエイティブ総合会社、株式会社ioを設立。
●──執筆したエッセイのTikTok総再生回数は1000万回を突破（2025年1月現在）。今作が初の著書である。
●──ハムスターとちいかわが好き。

装丁	坂川朱音（朱猫堂）
本文デザイン	坂川朱音＋小木曽杏子（朱猫堂）
イラストレーション	ゴトーヒナコ
DTP	マーリンクレイン

意味なんかないけどぼくたちは光る

2025年3月3日　　第1刷発行

著　者──吉澤　ハナ
発行者──齊藤　龍男
発行所──株式会社かんき出版
　　　　東京都千代田区麹町4-1-4 西脇ビル　〒102-0083
　　　　電話　営業部：03（3262）8011㈹　編集部：03（3262）8012㈹
　　　　FAX　03（3234）4421　　　　　　振替　00100-2-62304
　　　　https://kanki-pub.co.jp/

印刷所──ベクトル印刷株式会社